ПОТЕШКИ

Иллюстрации Александра Кардашука

Москва
2016

УДК 398(=161.1)-053.2
ББК 82.3(2Рос=Рус)-6
  П64

Потешки / ил. Александра Кардашука. — Москва : Эксмо,
П64 2016. — 64 с. : ил.

УДК 398(=161.1)-053.2
ББК 82.3(2Рос=Рус)-6

ISBN 978-5-699-79848-3   © Оформление. ООО «Издательство «Эксмо», 2016

Раз, два, три,
Четыре, пять!
Вышел зайчик
Погулять.
Вдруг охотник
Выбегает,
Прямо в зайчика
Стреляет.
Пиф! Паф! Не попал.
Серый зайчик
Убежал!

— Заяц белый,
Куда бегал?
— В лес дубовый.
— Что там делал?
— Лыко драл.
— Куда клал?
— Под колоду.
— Кто брал?
— Родион.
— Выйди вон!

Как у наших у ворот
Муха песенки поёт,
Комар подпевает,
Муху нагоняет.

Дождик, дождик, пуще.
Дадим тебе гущи.
Дадим тебе ложку:
Хлебай понемножку!

Солнышко-солнышко,
Выгляни в окошко,
Твои детки плачут,
По камушкам скачут.

— Вейся, ты, вейся, капуста,
Завивайся, белая!
— Как же мне, капустке, не виться,
Как же белой не клубиться?
Вечор на капустку
Выпал частый дождик.
Ливмя льёт, поливает,
Белую капусту заливает.

Пастушок, пастушок,
Заиграй во рожок,
Гони стадо в поле,
Погулять на воле!

— Гуси, гуси!
— Га! Га! Га!
— Есть хотите?
— Да! Да! Да!
— Ну, летите.
— Нет! Нет! Нет!
Серый волк под горой
Не пускает нас домой.
— Ну, летите как хотите,
Только крылья берегите.

Радуга-дуга,
Не давай дождя,
Давай солнышка,
Колоколнышка!

Как по лугу, лугу,
По зелёному лугу
Разливалася вода,
Расстилалася трава,
Расстилалася трава,
Трава шёлковая...

ЗАГАДКА

Тах-тарарах,
Стоит дом на горах,
Вода брызжется,
Борода трясётся.

(Мельница.)

Идёт коза рогатая,
Идёт коза бодатая,
Ножками топ-топ,
Глазками хлоп-хлоп.
Кто каши не ест,
Молока не пьёт,
Забодает, забодает,
           забодает!

Ваня ехал, поспешал,
Со добра коня упал.
Он упал, упал, лежит —
Никто к Ване не бежит.
Две девушки увидали,
Прямо к Ване подбежали.
Прямо к Ване подбежали,
На коня Ваню сажали,
На коня Ваню сажали,
Путь-дорогу показали.
Путь-дорогу показали
Да наказывали:
«Как поедешь ты, Иван,
Не зевай по сторонам!»

Стучит, бренчит по улице:
Фома едет на курице,
Тимошка на кошке —
Туда же по дорожке.
— Куда, Фома, едешь,
Куда погоняешь?

Раным-рано поутру
Пастушок: «Ту-ру-ру-ру!»
А коровки в лад ему
Затянули: «Му-му-му!»
Ты, бурёнушка, ступай
В чисто поле погуляй,
А вернёшься вечерком,
Нас напоишь молочком.

Воробей, воробей,
Не летай на песок,
Не клюй песок,
Не тупи носок:
Пригодится носок
На овсяный колосок.

ПОСЛОВИЦА

Рано пташечка запела,
Как бы кошечка не съела.

ПОСЛОВИЦЫ

На вкус, на цвет мастера нет!
Красен, как маков цвет.
Рыжий, как огонь.
Куда ночь, туда и сон.
На мышку и кошка зверь.
Цыплят по осени считают.
Курочка в серёжках,
       кочеток в сапожках.
Полпесенки спела —
       половина дела.
Зелен, как трава.
Жёлт, как имбирь.
Добрый конец
   всему делу венец.
Поговорка цветочек, пословица ягодка.

Катя, Катя маленька,
Катенька удаленька,
Пройди по дороженьке,
Топни, Катя, ноженькой!

Иголка, иголка,
Ты остра и колка,
Не коли мне пальчик,
Шей сарафанчик!

На улице три курицы
С петухом дерутся.
В окошечко три барышни
Смотрят да смеются:
Хи-хи-хи да ха-ха-ха,
И нам надо петуха.

Уж как я ль мою коровушку люблю!
Уж как я ль-то ей крапивушки нажну!
Кушай вволюшку, коровушка моя;
Ешь ты досыта, бурёнушка моя!
Уж как я ль мою коровушку люблю!
Сытна пойла я коровушке налью;
Чтоб сыта была коровушка моя,
Чтобы сливочек бурёнушка дала.

Ай дуду, дуду, дуду!
Сидит ворон на дубу,
Он играет во трубу.
Труба точёная,
Позолочённая.

Мешу, мешу тесто,
Есть в печи место.
Пеку, пеку каравай,
Переваливай, валяй!

Идёт петушок,
Красный гребешок,
Хвост узорами,
Сапоги со шпорами,
Двойная бородка,
Частая походка.
Рано утром он встаёт,
Красны песенки поёт.

Трушки, ту-тушки!
В городе витушки;
Трун-тун-тушки,
В нашей деревнюшке
Водятся ватрушки,
Тром-том-том,
С творогом!

Пышка-лепёшка
В печи сидела,
На нас глядела.
В рот захотела,
Знай своё дело!

Улитка, улитка!
Покажи свои рога,
Дам кусок пирога,
Пышки, ватрушки,
Сдобной лепёшки.

Чей нос? — Савин.
Где был? — Славил.
Что выславил? — Копейку.
Что купил? — Калач.
С кем съел? — Один.
Не ешь один, не ешь один!

Ай тон, тонаны,
С ячменём пироги,
Вода с киселём,
Да и каша с молоком!

А птру, птру, птру,
Не вари кашу круту;
Вари жиденьку,
Вари сладеньку.

Пошёл котик на торжок,
Купил котик пирожок.
Пошёл котик на улочку,
Купил котик булочку.
Самому ли съесть
Или Бореньке отнесть?
Я и сам укушу,
Да и Бореньке снесу.

Семечки — Сенечке,
Прянички — Танечке,
Орешки — Микешке,
Жмульки — Окульке,
Оладушки — бабушке,
Старичку — табачку,
А Ванюшке-дружку
В рученьки по пирожку.

ПОСЛОВИЦА

Рыба — вода,
       ягода — трава,
А хлеб — всему голова.

На печи калачи,
Как огонь, горячи.
Пряники пекутся,
Коту в лапки не даются.

На чужой каравай
Рот не разевай,
А пораньше вставай,
Да свой затевай!

Катилася торба
С высокого горба,
В этой торбе
Хлеб, соль, пшеница;
С кем хочешь
Поделиться?

Не плачь, детка,
Прискачет белка,
Принесёт орешки —
Тебе для потешки!

Лиса рожью шла,
Лиса грош нашла,
Лиса мыльце купила,
Лиса рыльце умыла.

ПОСЛОВИЦА

Хлеб — батюшка,
    водица — матушка.

Сова-совонька-сова,
Большая голова,
На колу сидела,
В сторону глядела,
Головой вертела.

Уж я косу заплету,
Уж я русу заплету.
Я плету, плету, плету,
Приговариваю:
— Ты расти, расти, коса,
Всему городу краса!

ПОСЛОВИЦА

Рыбам — вода, птицам — воздух, а человеку — вся земля.

Скок, поскок,
Молодой дроздок,
По водичку пошёл,
Молодичку нашёл.
Молодиченька
Невеличенька:

Сама с вершок,
Голова с горшок.
Молодичка-молода
Поехала по дрова,
Зацепилась за пенёк,
Простояла весь денёк.

Сорока, сорока,
Кашу варила,
На порог скакала,
Гостей созывала.
Гости на двор —
Каша на стол.
Этому дала,
Этому дала,
Этому дала,
Этому дала,
    А этому не досталось:
Ты воды не носил,
Дрова не рубил,
Печки не топил,
Каши не сварил...

Бай, качи!
На улице калачи,
За улочкой прянички,
В огороде яблочки.

Ножки, ножки,
Бегите по дорожке,
Нарвите горошку.

Вода текучая,
Дитя растучее,
С гуся вода,
С тебя худоба.
Вода к низу,
А дитя к верху.

Дыбки, дыбок,
Скоро Сашеньке годок!

Ой ты, котенька-коток,
Котя — серенький хвосток,
Ты приди к нам ночевать,
Вову в люлечке качать.
Уж как я тебе, коту,
За работу заплачу:
Дам кусок пирога
И кувшин молока,
Ещё каши горшок,
Сладких пряников мешок!

Раз, два, три,
       четыре, пять,
Шесть, семь, восемь,
       девять, десять.
Выплывает
Белый месяц!
Кто до месяца дойдёт,
Тот и прятаться пойдёт!

Понесла меня лиса,
Понесла петуха
За тёмные леса,
За дремучие боры,
По крутым бережкам,
По высоким горам;
Хочет лиса меня съесть
И косточек не оставит.

ПОСЛОВИЦЫ

Без блина не масляна; без пирога не именинник.
Красное солнышко на белом свете чёрную землю греет.
Сорока-белобока на пороге скакала,
    гостей поджидала, кашу варила, деток кормила.
Ласточка день начинает, а соловей кончает.
Это присказка, а сказка будет впереди.
Чёрная коровка даёт белое молочко.
Масло коровье,
  кушай на здоровье.
Сонное царство.
Лук семь недугов
    лечит.
Маленькая собачка
    до старости щенок.

Уж ты дядюшка Тарас,
Не доехал ты до нас!
Твоя сестра
На горе росла,
Быков пасла:
Быки пёстреньки,
Рога востреньки.

Ехали мы, ехали
В город за орехами,
По кочкам, по кочкам,
По маленьким пенёчкам —
Да в яму бух!
Раздавили сорок мух!

ПОСЛОВИЦА

От топота копыт
пыль по полю летит.

Ходит свинья по бору,
Щиплет травку-лебеду,
Она в рот не берёт,
А в кошёлку кладёт...

А вернётся ко двору
И разложит лебеду,
Чтоб помягче было спать,
Чтоб бока не отлежать
Её маленьким ребятам —
Раскрасавцам поросятам.

Якимка, Якимка,
Сходи за мякинкой,
Накорми скотинку:
Пёструю свинку,
Коровку чернуху,
Кобылку рыжуху,
Теляток, козляток,
Овечек, ягняток,
Курочку с хохолком,
Петушка с гребешком.

Гори, гори жарко:
Приехал Захарка,
Сам на кобылке,
Жена на тележке,
Дети на санках,
В чёрных шапках.

Едет Ваня
   в красной шапке
На серебряной лошадке,
Золотой уздой звенит,
Во все стороны глядит,
Плёточкою машет,
Под ним лошадка пляшет.

Уж ты жор-журавель,
Разудалый молодец,
По мельницам ездил,
Диковинки видел:
Козёл муку мелет,
Коза подсыпает,
А маленьки козляточки
В амбарах гуляют,
Муку загребают.

Бабушка Ульяна!
Голова твоя кудрява.
Садись-ка ты в сани,
Поедем-ка с нами.
Там на базаре
Коза в сарафане,
Утка в юбке,
Курочка в сапожках,
Селезень в серёжках.
Корова в рогоже —
Нету её дороже.

Ладушки, ладушки,
Где были?
— У бабушки.
— Что ели?
— Кашку.
— Что пили?
— Бражку.
— А что на закуску?
— Хлеб да капустку.
— А у нашей бабушки
На столе оладушки
И с малиной пирожок —
Ну-ка съешь его, дружок!

Тень, тень, потетень!
Выше городу плетень,
На печи калачи,
Как огонь горячи.
Пришёл мальчик,
Обжёг пальчик,
Побежал на базар,
Никому не сказал.

Костромушка, Кострома!
На Костромушки блинки,
Блинки с творожком,
Кисель с молочком.

Курочка-тараторочка
По двору ходит,
Цыплят выводит,
Хохолок раздувает,
Малых деток потешает.

ПОСЛОВИЦА

Курица по зёрнышку клюёт,
          да сыта живёт.

Дон, дон, дон!
Загорелся кошкин дом:
Бежит курица с ведром
Заливать кошкин дом.

Баюшки-баю!
Не ложися на краю:
Придёт серенький волчок,
Он ухватит за бочок,
Потащит во лесок,
Под ракитовый кусток.

Гулюшки, гули,
Сели на ворота.
Воротушки скрип, скрип,
Мой маленький
         спит, спит,
Баю-баюшки-баю,
Баю милую дитю.

Ходит Сон по лавочке
В красненькой рубашечке,
А Сониха — по другой,
Сарафанец голубой.
Они вместе идут,
Дрёму Милочке несут.

Баю-баю-баю,
Отец пошёл за рыбою,
А матушка дрова рубить,
А бабушка уху варить.
Спи, спи, дитя милое!
Укачаю я тебя,
        убаюкаю тебя.

Бай-бай-бай-бай,
Ты, собаченька, не лай,
Петушок, не кричи
И Антошу не буди.
Мой Антоша будет спать
Да большой вырастать.
Он поспит подольше,
Вырастет побольше.

Байки-побайки,
Прискакали зайки,
Стали в скрипочку играть
И сыночка забавлять,
Стал сыночек засыпать.

Баю-баюшки-баю,
Баю милую мою.
Ты спи-усни,
Угомон тебя возьми.
Ты спи по ночам
И расти по часам.

У сороки боли,
У вороны боли,
У галки боли,
У воробушка боли,
А у Вани заживи!

Люли-люлюшки-люли,
Прилетели гули:
Гули-гулюшки,
Сели к люлюшке.
 Они стали ворковать,
Мою дитятку качать.
Мою милу величать,
Прибаюкивать.
 Они стали говорить:
«Чем нам милую кормить?
Чем нам милую кормить,
Чем нам дитятку поить?»
А кормить её пирожком,
А поить её молочком.

Спи, дитя моё, усни!
Сладкий сон к себе мани!
В няньки я тебе взяла
Ветер, солнце и орла.
Улетел орёл домой,
Солнце скрылось под горой,
Ветер после трёх ночей
Мчится к матери своей.
Ветра спрашивает мать:
«Где изволил пропадать?
Али звёзды воевал?
Али волны всё гонял?»
«Не гонял я волн морских,
Звёзд не трогал золотых,
Я дитя оберегал,
Колыбелечку качал».

А качи, качи, качи!
Прилетели к нам грачи.
Они сели на ворота.
Ворота-то скрип-скрип!
А Коленька спит, спит.

Потягунушки,
       потягунушки!
Поперёк толстунушки,
А в ножки ходунушки,
А в ручки хватунушки,
А в роток говорок,
А в голову разумок.

Петушок, петушок,
Золотой гребешок,
Маслена головушка,
Шёлкова бородушка!
Что ты рано встаёшь,
Голосисто поёшь,
Ване спать не даёшь?

Тяну-потяну,
Рыбку ловлю,
В передничек кладу.
А один ершок
Кладу в горшок —
Ушицу варить,
Данилушку кормить!

У котика, у кота.
Кроватка хороша,
А у Лёшеньки моего
Есть получше его.
У котиньки, у кота,
Перинка хороша,
А у Лёшеньки моего
Есть получше его.

Кот, кот, кот, кот,
Не ходи на огород.
Там собачки сидят,
Тебе лапку отъедят.

Гуси в гусли, утки в дудки, вороны в коробы,
Тараканы в барабаны, коза в сером сарафане,
Корова в рогоже, всех дороже.

Николенька-гусачок
По бережку скачет,
Белу рыбку ловит,
Бабушку кормит.
Бабушка старенька,
Бабушка добренька,
Рыбушку любит,
А внучка голубит,
Гладит по головке,
Шьёт ему обновки.

Тень-тень, потетень,
Выше города плетень.
Сели звери под плетень,
Похвалялися весь день.
Похвалялася лиса:
— Всему свету я краса! —
Похвалялся зайка:
— Поди, догоняй-ка! —
Похвалялися ежи:
— У нас шубы хороши! —
Похвалялся медведь:
— Могу песни я петь!

Перепел перепёлку
           и перепелят
В перелеске прятал
           от ребят.

У бобра шапка добра,
А у бобрят богаче наряд.

Нажила себе Чечётка,
　　Нажила себе Лебёдка
　　　　Много внучат —
　　　　Кучу целую ребят:
Две Алёнки
　　В пелёнки
　　　　Свиваются;
Две Акульки
　　В люльке
　　　　Качаются;
Два Степана
　　В сметане
　　　　Копаются;
Две Наташки
　　У кашки
　　　　Питаются;
Две Варюшки
　　К ватрушке
　　　　Придвигаются;
Двое сидьмя сидят,
　　По лепёшке едят;
Двое ползмя ползут,
　　　　Во всю глотку орут,
　　　　　　На весь дом кричат —
　　　　　　　　В ясли хотят.

С одной сорокой одна морока,
А сорок сорок — сорок морок.

Ужа ужалила ужица,
Ужу с ужицей не ужиться.

Три сороки-тараторки
Тараторили на горке.

Зайчишка-трусишка
По полю бежал.
В огород забежал,
Морковку нашёл,
Капустку нашёл —
Сидит грызёт.
Ай, кто-то идёт!

Вася, Васенька, дружок,
Ты не бегай на лужок,
Не прокладывай следок —
Тебя рыбка съест
Либо ящерка,
Либо деревце падёт,
Тебе ножку зашибёт.

— Бабушка Ульяна,
Где была — гуляла?
Какое чудо видала?
— Курочку-рябушку
С петушком на дрожках.

— Уточка да луговая,
Серая да полевая.
Где ты ноченьку ночевала?
— Под мостом-мосточком,
Под ивовым кусточком.
Уж я, утя, хожу,
Малых деток вожу,
А я, утя, поплыву,
Малых деток поведу!
Шла уточка по бережку,
Сизокрылая по крутому,
Вела малых деток за собою:
Старшего, большего,
Среднего, меньшего...

— Кисонька, кисонька!
Где была? — У бабушки.
— Что делала?
— Сукно ткала.
Что бабушка дала?
— Маслица кусочек,
Сукна лоскуточек.

Сова-совушка,
Белая головушка,
Сова умывалась,
В лапти обувалась,
В лапти, в тряпички,
В тёплы рукавички.

Лежит боровок
В луже поперёк,
Круглая спинка,
Белая щетинка,
Хвост крючком,
Рыльце пятачком.

А барашеньки
Круторогеньки
По горам ходят,
В дудочку играют,
Васю потешают.
А сороки-белобоки
Стали примечати,
А совища из лесища
Глазами-то: хлоп, хлоп!
А козлище из хлевища
Ногами-то: топ, топ!

Шёл баран
По крутым
Горам.
Вырвал травку,
Положил
На лавку.
Кто травку возьмёт,
Тот вон пойдёт!

Сидит Зайчик
    Под кустом,
    Под кустом.
Охотнички едут
    По пустом,
    По пустом:
«Вы, охотнички, скачите,
На мой хвостик поглядите,
    Я не ваш,
    Я ушёл!»
Сидит белый Зайка,
    Ушки жмёт,
    Ушки жмёт.
Охотнички скачут
    Вмимолёт,
    Вмимолёт.
«Вы, охотнички, скачите,
Меня, Зайку, не ищите,
    Я не ваш,
    Я ушёл!»

Лиса по лесу бежала,
Лиса хвост потеряла.
Коля в лес пошёл,
Лисий хвост нашёл.
Лиса рано приходила,
Коле ягод приносила,
Коле ягод приносила,
Рыжий хвост отдать
            просила.

Видит лисица,
Откуда зарница,
Хвостом-веером
Туч не развеяла.

Заинька, походи!
Серенький, походи!
  Вот так, вот так, походи!
Заинька, перевернись,
Серенький, перевернись!
  Вот так, вот так, перевернись!
Заинька, попляши,
Серенький, попляши.
  Вот так, вот так, попляши!
Заинька, топни ножкой!
Серенький, топни ножкой!
  Вот так, вот так, топни ножкой!
Заинька, поклонись!
Серенький, поклонись!
  Вот так, вот так, поклонись!

Ивану-большаку —
        дрова рубить,
Ваське-указке —
        воду носить,
Мишке среднему —
        печку топить,
Гришке сиротке —
        кашу варить,
А крошке Тимошке —
        песенки петь,
Песни петь да плясать,
Родных братьев потешать!

МЕСЯЦЕСЛОВ

Году начало, зиме серёдка.

Бокогрей. Февраль воду подпустит, март подберёт.

Зима кончается, весна начинается. Щука хвостом лёд разбивает. В марте курица из лужицы напьётся.

Апрель с водою, май с травою. Медведь встаёт, выходит из берлоги.

Март сухой да тёплый май — будет каша и каравай. Май холодный — год хлебородный.

Конец пролетья, начало лета. Месяц июнь, ау! Закрома в амбарах пусты.

Июль — макушка лета. В июле на дворе пусто, да на поле густо.

Осень говорит: «Я поля урожу», весна говорит: «А вот я ещё погляжу».

Холоден сентябрь, да сыт.

Грязник.

Начало зимы. Первые морозы.

Студник. Декабрь год кончает, зиму начинает.

Все права защищены. Книга или любая ее часть не может быть скопирована, воспроизведена в электронной или механической форме, в виде фотокопии, записи в память ЭВМ, репродукции или каким-либо иным способом, а также использована в любой информационной системе без получения разрешения от издателя. Копирование, воспроизведение и иное использование книги или ее части без согласия издателя является незаконным и влечет уголовную, административную и гражданскую ответственность.

Издание для досуга
демалысқа арналған баспа

Для чтения взрослыми детям
ересек балалардың оқуына арналған

ПОТЕШКИ
(орыс тілінде)

Составитель О. Хинн

Художник Александр Кардашук

Ответственные редакторы *В. Карпова, Н. Шутюк*
Выпускающий редактор *А. Баринова*
Художественный редактор *И. Лапин*
Технический редактор *О. Кистерская*
Компьютерная графика *А. Алексеев*
Корректор *В. Назарова*

ООО «Издательство «Эксмо».
123308, Москва, ул. Зорге, д. 1. Тел. 8 (495) 411-68-86.
Home page: **www.eksmo.ru**   E-mail: **info@eksmo.ru**

Өндіруші: «ЭКСМО» АҚБ Баспасы, 123308, Мәскеу, Ресей, Зорге көшесі, 1 үй.
Тел. 8 (495) 411-68-86.
Home page: www.eksmo.ru   E-mail: info@eksmo.ru.
Тауар белгісі: «Эксмо»
Қазақстан Республикасында дистрибьютор және өнім бойынша
арыз-талаптарды қабылдаушының
өкілі «РДЦ-Алматы» ЖШС, Алматы қ., Домбровский көш., 3«а», литер Б, офис 1.
Тел.: 8(727) 2 51 59 89,90,91,92, факс: 8 (727) 251 58 12 вн. 107; E-mail: RDC-Almaty@eksmo.kz
Өнімнің жарамдылық мерзімі шектелмеген.
Сертификация туралы ақпарат сайтта: www.eksmo.ru/certification

Сведения о подтверждении соответствия издания согласно законодательству РФ
о техническом регулировании можно получить по адресу: http://eksmo.ru/certification/

Өндірген мемлекет: Ресей. Сертификация қарастырылған

Подписано в печать 29.02.2016.
Формат 84x108 $^1/_{16}$. Печать офсетная. Усл. печ. л. 6,72.
Тираж 5000 экз. Заказ № м2784.

Отпечатано в филиале «Смоленский полиграфический комбинат»
ОАО «Издательство «Высшая школа». 214020, Смоленск, ул. Смольянинова, 1
Тел.: +7 (4812) 31-11-96. Факс: +7 (4812) 31-31-70
E-mail: spk@smolpk.ru   http://www.smolpk.ru

ISBN 978-5-699-79848-3